KB024766

글, 그 씨앗의 노래

국립중앙도서관 출판예정도서목록(CIP)

글, 그 씨앗의 노래 : 김형식 제4시집 / 지은이 : 김형식. -- 서울 : 한누리미디어, 2019
p. ; cm

ISBN 978-89-7969-791-9 03810 : ₩10000

한국 현대시 [韓國現代詩]

811.7-KDC6
895.715-DDC23 CIP2019002079

김형식 제4시집

글, 그 씨앗의 노래

한누리미디어

시인의 주막

언어를
주워 모아
술을 담갔습니다

고두밥 누룩 넣고 버무려서
내 안에 삭혀 놓았더니 보글부글 괴어올라서 걸러 내놓습니다

주막에 오셔서
술맛 좀 보시구려

술 빚으며 살다 보니
술독에 빠져서 술이 나인지 내가 술인지 모르고 살아가고 있습니다

분명한 것은 달과 별이
시가 되었다는 사실입니다
삼라만상 두두물물이 아우성입니다
시가 되고 싶답니다

‘장자의 남화경’ 저자 장자(장주)는 십 만여 수의
많은 글을 남겼지만 종지는 하나, 삶의 진리를
노래하고 있습니다
경의롭습니다 그래서 장자를 천선의 지자라
칭송하지 않습니까

닮고 싶어 노력하고 있습니다

오늘도 시를 씁니다
나의 시가 모든 이를 취하게 하는 향기로운 술이 되었으면 합니다

저의 주막에 한 번 들러 주세요

이 겨울,
첫눈이 내리던 날

이천십팔년 십이월

정문골 움막에서 인묵 **김 형 식**

Contents

1부

따뜻한 커피 한 잔

2부

붓끝에 은하銀河를 찍어

3부

바람이고 싶다

4부

연분홍으로 오세요

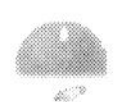

Contents

5부

파랗게 돋고 싶다

6부

별을 줍는 밤에

7부

거들떠보는 세상

8부

글, 그 씨앗의 노래

정신 가치와 시적 가치

— 김형식 시집 《글, 그 씨앗의 노래》의 시세계

채 수 영
(시인 · 문학비평가)

1. 정서의 숲으로 가는 길

인간은 길을 가는 나그네라는 말은 신기한 말이 아니다. 적어도 보편성의 인간에게는 누구나 운명의 길을 떠날 수 있고, 그 길에서 생로병사의 과정을 맞아 운명을 마친다.

그러나 어떤 경우도 주인이 되는 경우는 드물고 오로지 어딘가로 가는 나그네 경우에 따라서는 주인처럼 으쓱거리다 결국은 조연의 길이 펼쳐지는 경우가 다반사일 것이다. 이런 선택적인 현상은 누구나 직면하는 삶의 도정道程일 때, 거기에 담긴 색깔이 개성을 연출할 것이다. 어떤 사람은 붉은 삶을 살 것이고, 또 어떤 이는 푸른 삶을 살 것이고, 더러는 노랑물이 든 정신을 휘두를 경우도 있을 것이다.

한용운의 시나 이육사의 시엔 청색이 다분하고 신석정의 시는 노랑물(이차색)이 흔하다. 이런 현상은 정서라는 감정

의 흐름을 어떤 쪽으로 이끌고 갈 것인가는 시인의 정신이 지휘하는 방향타에서 결정될 일이기 때문에 계량화計量化라는 절차를 찾아낼 수는 없을 것이다.

결국, 시인을 만나는 것은 정서를 만나는 일이고 그 특성에 감동을 받거나 아니면 무덤덤으로 지나칠 수도 있다. 예민한 사람에게는 시인의 음성을 접촉할 수 있고 또 간과看過로 일상을 사는 독자도 있을 것이다. 우주 자연의 충만한 현상에 민감한 소리와 시선, 즉 시인의 소리를 변화로 환치換置하며 독자에게 내보일 때는 일종의 요리사와 같다. 뛰어난 요리사는 평범한 재료로 맛깔스러운 음식을 만들어낼 수 있다는 예는 흔한 일이다. 시의 경우도 시인의 능력이 특이할 때, 그가 빚은 창조의 시는 맛깔스럽다.

문학은 정신의 지도를 그리는 작업이다. 올곧고 반듯함은 결국 미감美感으로 다가들어야 한다. 문학은 예술이고 예술은 곧 정신의 쾌락(지적)을 주는 작업이기 때문이다. 때문에 정신 가치는 시적 가치와 등가等價를 이룰 수 있다는 전제하에 논지를 진행한다.

2. 정신의 모둠들

1) 감각적 혹은 재치

시인의 성격에 따라 진중한 무게를 가진 글을 쓰거나 아니면 익살스러운 시를 쓰거나 시인의 성품에 따라 다른 뉘앙스의 전달이 나타난다. 다만 독자가 어떤 취향을 가질 것인가는 도외시될 문제로 시인은 오로지 자기를 나타내는 기교의 방

법이 곧 시의 모양으로 나타나기 때문에 한 줄의 시에는 시인의 전 생애가 담기게 된다.

다음 시 한 편으로 시작을 알린다.

벚꽃 잎
땅에 떨어지니

추녀 끝 매달린 풍경風磬
안타까웠던 것입니다

그래서 꽃잎 땅에 닿기 전에
몸 바꾸어 주고 싶어
헤엄을 쳤습니다

뎅그렁 뎅그렁
뒤척일 때마다
시냇물 흐르는 소리

그런 줄도 모르고
꽃잎은 계속 계속 뛰어내려

몸을 바꾸어
또 다른 세상으로
헤엄쳐 가고 있습니다

– 〈벚나무 아래 앉아서〉 전문

잠시 생각의 길에 접어든다. 풍경소리와 벚꽃이 떨어지는 상관관계를 매우 익살스럽고 잔망스럽게, 그러면서 담담하게 풀어나가는 통찰洞察의 시선이 매우 신선하기 때문이다.

시는 귀로 들어서 금방 아는 시와 한참을 생각해야 하는 지적인 시로 구분된다. 김형식의 시는 앞보다는 후자에 더 농도가 짙은 인상을 준다. 대화체의 시가 들어있는 것도 그 나름대로 신선해 보이고, 또 사물을 바라보는 깊이가 재미로 다가들기 때문이다. 물론 소설은 재미가 있어야 하고, 시의 경우 재미와는 다른 명상의 길을 재촉한다는 점에서 다르지만, 시의 재미는 이미지의 신선미를 상승하는 뜻을 가미하면 기교 또한 아름답게 나타난다. 봄날 무심히 바라본 벚꽃의 잎에 눈이 갔을 때 그 아름다움이 떨어지는 상태와 풍탁風鐸이 우는 결합에서 시인의 상상으로의 긴 고백이 길을 떠나게 된다.

아울러 그 소리의 깊이에서는 '시냇물 소리' 와 종소리가 결합을 이루면서 꽃잎이 뛰어내려 어딘가 가고 있는 상상으로 미감美感을 자극하고 있다. 그렇다면 그 꽃잎은 어디로 갈까? 아마도 무릉도원으로 가는 길을 "또 다른 세상으로/ 헤엄쳐 가고 있습니다" 에서 클라이맥스를 이루는 감각적인 생각의 깊이를 승화하는 기법을 구사함으로써 시의 가치를 높이고 있다. 이것이 김형식 시인의 시적 맛갈이다.

풋고추,

"애들아 덥다
땡볕에 한 줄로 서서 뭣하노"

아랫도리 다 드러내 놓고

요 녀석들 이제 보니
꼬추 자랑하고 있네

하순夏順이 보고 있다
바짓가랑이 빨리 올려라

"미투"
느그들 큰일난다

"매운 놈만 따가야겠다"

-〈고추밭 해학〉 전문

시에서 의인화의 기법은 결국 시의 의미역을 넓히는 기능을 한다. 무생물이 사람처럼 행동할 때, 이는 비꼼이자 교훈적인 현상을 강조하는 몫이면서 감각적인 상쾌함을 가져올 수 있는 여지가 많아진다. 고추와 어린애의 생식기가 교묘한 결합을 하면서 작금에 미투 운동과 결부시키는 재치는 놀라움을 안겨 준다. 그 기교 또한 신선하고 언어의 탄력에서 발생하는 여지가 "요 녀석들 이제 보니/ 꼬추 자랑하고 있네"에서 여름날 꼬마들의 천진스러움이 화면으로 가득해지고 이런 정경을 하순이 아마도 또래 여성이 보고 있으니 "바짓가랑이 빨리 올려라"와 "매운 놈만 따가야겠다"라는 재치의 정점이 시의 탄력을 유지한다.

시대상과 시의 상관은 필요하다. 단순한 음풍농월의 시가 아니라 익살과 탄력이 시에 도입되면 재미와 호기심이 극대화될 것은 자명한 일이기 때문에 김형식 시인의 시 맛은 인용한 두 편으로도 시집의 가치를 묵직하게 하고 있다.

2) 동화풍 혹은 대화체

시에 행과 연을 끊는 것은 시각적인 현상도 있지만, 리듬을 살리는 일면 음악성의 진작振作에 필요한 목록이다. 또한 시가 엄숙하거나 고귀함만을 의미한다면 일반성을 일탈하는 경우에 직면한다. 그 때문에 시는 상상 땅으로 내려와 하늘의 높이를 가르치고 때로는 숲의 은일隱逸을 강조하는 다양한 노래를 창조한다.

무한의 자유를 누리는 것이 시이고, 엄격한 규범을 따르는 것 또한 예외가 아니다. 물론 시에 특정의 법칙은 없다. 다시 말해서 어떻게 시를 써야 한다는 규칙은 있을 수 없다. 다만 시가 되는가, 아닌가는 오로지 시인 자신의 창작 의도에 근사하게 접근할 때 비로소 가치를 획득하는 예술이기 때문이다.

모녀가
손을 꼭 잡고
조근조근 앞서 간다

겨울 산책길

"얘야 춥다"

"엄마 그래 춥네"
"땅속에는 춥지 않겠지"
"아니야 그곳은 어둡고 더 추워"
"그래, 나 죽으면 화장해 주라
나는 춥고 어두운 곳은 싫어"
"엄마, 염려하지 마 내가 있잖아"

석양길
모녀의 뒷모습
봄과 가을이 겨울 속으로 걸어 들어가고 있다

찬바람 사이에 두고
나도 그 뒤를 따라 걷는다

-〈뒷모습〉 전문

마치 미술의 모자이크 기법과 유사하다 '겨울 산책길' 과 '석양길' '뒷모습' 으로 나누어서 결합한 기법이기 때문이다. 그러나 겨울 산책길에서 모녀의 대화는 애수와 더불어 애절성, 그리고 페이셔스한 뉘앙스가 가슴으로 다가든다. 마치 한 폭의 그림을 세 부분으로 나누어서 하나의 캔버스에 배치한 것으로 착각할 정도이기 때문이다. 여기서 모녀의 대화에서 어둡고 추운 지상의 땅이 아니라 추위가 없는 뜨거운 공간으로 가겠다는 의미에는 햇빛 지향의 의도가 보인다. 더불어 대화를 시에 도입하여 구조적인 변화에서 도출되는 시인의 마음이 정치精緻함을 느끼게 한다. 시는 구조의 예술이 아니라

의미의 길을 찾아가는 정서의 집합으로 감동을 끌어온다면 어디까지나 탄탄한 구조가 바탕을 가져야만 의미가 생생할 수 있음을 증명하고 있다.

워즈워스(William Wordsworth, 1770~1850)는 '어린이는 어른의 아버지' 라고 〈무지개〉에서 말했다. 어린이가 자라면 어른이 되고 어린이는 인간의 거울로 순환의 상像을 만든다.

벌 한 마리
창문에 붙어
출구를 찾고 있다

"손님
길 잘못 들었습니다"

빼꼼이 문 열고 길을 안내한다

"저쪽으로 가면
꽃밭이 있어요
살펴 가세요"

-〈우리 할아버지 사는 법〉 전문

할아버지는 손주에게 항상 너른 이해심을 발휘한다. 아버지와 다른 점은 무엇이든 이해하려는 마음 때문에 손주들은 할아버지를 좋아하는 이유가 될 것이다.

길을 가는 나그네는 언제나 정도正度를 가는 것만은 아니

다. 때로 비껴가고 더러는 왜곡의 길을 갈 수도 있을 때, 바른 길로 안내하는 인도의 손짓이 있을 경우 안도감의 삶을 선택할 수 있게 된다. 친절하게도 잘못 들어온 꿀벌을 꽃밭으로 인도하는 모습에서 서로 사랑하는 마음의 인간애가 들어있다. 이는 할아버지와 시인이 동등한 의미를 갖고 시의 구성에 협력한다. 동심은 곧 어른이 가져야 할 덕목일 수 있다는 시인의 사유思惟에는 인간애—다시 말해서 휴머니즘이 자리 잡고서 시의 길을 재촉하는 것 같다.

어이가 없다고 했소
무엇이 틀려서 손을 놓고 있소
어서 맷손을 끼워보시오

세상은 돌아가야 되는 것 아니오
콩 심은 데 콩 나듯
우리도 심은 대로 거둔다오
좋은 글의 씨앗 심어보시구려

어이와 맷손은 뜻은 다르지만
맷손 꽂은 자리에
어이라는 글의 씨앗 한 번 심어 보시오
멀지 않아 그 친구 커 나서
맷돌을 돌리게 될 것입니다
글의 씨앗은 이렇게 향기롭고 경이로운 것이라오

맷돌은 혼자보다는 둘이서
맞잡고 돌리면 신이 나지요
몸이 하나 되어 아들 딸 낳고
집안 웃음꽃 피고
장터 북적거리고
세상 살맛나게 돌아갈 것이오

우리에게는 한글이라는 글이 있지 않소
이 우주를 아우를 수 있는 유일한
글의 씨앗 말이요 좋은 씨앗 묻어
그 노래 들어 봅시다

- 〈글, 그 씨앗의 노래〉 전문

〈글, 그 씨앗의 노래〉는 이 시집의 표제시다. 이 시는 새로운 시어의 생성과정을 메타포한 것으로 글의 무궁한 변화와 가치를 노래하고 있다. 글은 인간의 모든 생각이나 일 따위의 내용을 기록하는 도구다. 맷돌 또한 생활 도구다. 맷돌을 돌리는 데는 맷손이 필요하고 인간의 감성을 기록하는 데는 글이 필요하다.

시인은 글의 씨 '어이'를 전혀 다른 곳, 맷손 구멍에 심어 맷돌을 돌리게 하는 상상을 펴 새로운 시어詩語를 캐내 사용해야 한다고 말하고 있다. "어이가 없다고 했소/ 무엇이 틀려서 손을 놓고 있소"라며 부정을 내포한 긍정적 활어를 사용하고는 "어서 맷손을 끼워 보시오"라 권한다. 이어서 "어이와 맷손은 뜻은 다르지만/ 맷손 꽂은 자리에/ 어이라는 글의

씨앗 한 번 심어 보시오/ 멀지 않아 그 친구 커 나서/ 맷돌을 돌리게 될 것입니다/ 글의 씨앗은 이렇게 향기롭고 경이로운 것이라" 고 노래한다. 시적 이미지가 가슴 깊이 파고들어 크나큰 울림을 안겨주면서 그 감동은 매우 심오하다. 특히 김형식 시인은 풍류 어린 해학으로써 세상을 아우르는 글의 힘을 노래하고 우리의 글, 우리 한글의 우수성을 만방에 자랑하고 있다.

3) AI와 자유정신

AI의 등장은 인류의 새로운 출현이라고 주장한다. 사회 모든 분야가 급속으로 로봇이 편리의 변화를 혁명적으로 변모시키고 있기 때문이다. 변호사의 업무를 단 몇 분 안에 처리하고, 로봇 의사 왓슨은 빅데이터를 이용하여 순식간에 환자를 진단하고 약을 처방하고, 심지어 소설을 쓰고, 또는 방송에서 앵커를 인간과 똑같이 재현하는 일이 지금 변화의 일상에서 목도目睹하는 경우가 많아졌다.

많은 사람들이 예상하듯 2019년엔 인간과 로봇의 지능이 동등해지고 2045년에는 오히려 로봇이 인간보다 뛰어난 특이점(Singularity)이라 예상하는 바, 실제로는 더 빨리 다가올 수도 있을 것이다. 그렇다면 인간은 도태될 것인가? 이의 대답은 '아니다' 에 이를 것이다. 왜냐하면 인간은 파우스트처럼 비틀거리면서 결국은 정도正道로 들어가는 지혜智慧가 있기 때문이다. 물론 악용의 소지는 얼마든지 비극을 만들 수 있다.

이 경우 노벨의 탄식처럼 좋은 쪽으로 사용할 때라는 전제가 있어야 할 것이다. 어떻든 지금 전자 인류와 생체 인류가

공존하는 시대로 접어들었다는 것은 자명해 보인다. 여기서 각성의 인간사가 지혜로워야 한다는 조건은 명백해진다.

할 수 있다

아니야

너는 우물 안 개구리

영혼 없는 등신等神

그런데 말이야
머지않아 너는

우리 인간을 지배할 것이다

-〈인공지능(AI)〉 전문

시인은 우려의 목청이 분명하다. 이 또한 당연하다. 이는 '잘못 사용하면' 이라는 단서가 따라야 한다. 현재도 우리 주변에는 수많은 인공지능 로봇이 일상의 임무를 수행하고 있기 때문에 편리를 위한 목적이라야 한다. "머지않아 너는// 우리 인간을 지배할 것이다" 에 이르면 사실 모골이 송연해진다. 그러나 빅데이터도 전기가 없으면 무용지물이 된다는 사실에 이르면 극심한 혼란을 자초할 수 있다는 점 또한 동전의 양면과 같다. 다만 '잘 사용한다면' 이라는 가정법이, 혹은 조

심하면 이기利器가 되지만 때로는 악마의 발톱이 된다는 점에서 문명은 양면을 소유하기 때문이다. 가령 우주에서 빠르게 움직이는 행성이 지구와 충돌한다면 세상은 불시에 어둠의 공간으로 변하고 그 여파로 모든 문명이 파괴되어 원시인이 된다는 가정이 일어나지 말라는 법이 없다. 시인은 어느 경우에도 자유정신의 소유자이다. 어딘가에 사슬에 묶이는 구속이 아닐 때 상상의 자유는 나래를 퍼덕이면서 세상의 아름다움을 찬탄하는 길을 만드는 존재이기 때문이다.

나는 바람이고 싶다
눈 속에 잠자고 있는 냉이 일깨워
봄내음 살짝 흔드는 바람이고 싶다

나는 바람이고 싶다
우물가 개구리 잠 깨워
가갸고교 책읽는 바람이고 싶다

나는 바람이고 싶다
겨우내 움츠린 젊은이들에게
희망 주는 바람이고 싶다

나는 바람이고 싶다
여인의 치맛자락
살짝 흔드는 바람이고 싶다

나는 바람이고 싶다
꺼져가는 생명의 불씨
살려 내는 바람이고 싶다

아직 내가 바람이고 싶은 것은
외로운 내 가슴에 봄바람
일고 있기 때문이어라

나는 바람이고 싶다

-〈바람이고 싶다〉 전문

형체 없는 바람의 얼굴을 본 적이 있는가? 그러나 시인은 바람과의 대화를 나누고 어디로 갈 것인가를 상의하고 따라가고 더러는 기다림의 약속을 마다하지 않는 시대를 초월하여 오랜 역사의 뒷골목을 방황하기도 하고 찾아가는 대상이다. 시공을 뛰어넘는 자유정신의 표상이 곧 바람의 존재일 것이다. 시인의 소망을 '바람이고 싶다' 의 간절성이 그의 시심詩心에의 정신을 구성하는 인자因子가 될 수 있기 때문에 염원의 깃발을 펄럭이는 손짓이 시로 형상화된다.

영국의 시인 바이런(George Gordon Byron, 1788~1824)은 그가 사랑하는 그리스가 내전에 직면했을 때 자원하여 전쟁에 참전했던 일화는 매우 유명하다. 그것은 자기만의 자유가 아니라 사랑하는 그리스의 자유를 지키기 위해 절름발이라는 불구에도 숭고한 정신을 불태운 일화는 개인의 열정이 아니라 신념이었다. 내 자유는 물론이고 타인의 자유 또한, 귀중

함으로 자각한 시인의 신념은 곧 시의 승화로 나타난 것이 틀림없다는 강조이다.

여보게
어디로 가시는가
길동무, 나는 어떤가

어두운 길
밝혀 주는 달

꿈과 희망을 심어 주고
넉넉한 가슴으로 안아 주고
비워내고 살라는 친구 말일세

길을 가는
나그네여

여보게
어디로 가시는가

우리 같이 가세나

-〈우리 같이 가세나〉 전문

시인은 휴머니즘을 구현하기 위해 정신을 불태우는 전사이다. 밀턴(John Milton, 1608~1674)이 그러했고, 일제 침탈 시 한

용운(韓龍雲, 1879~1944)이나 이육사(李陸史, 1904~1944) 등은 자유정신과 연결고리를 갖는 사람의 마음이 조국애로 불탔던 것이 사실이다. 자기 명예나 이득을 위해 감옥과 죽음을 불사한 것이 아니라는 점은 바로 인간 사랑에 대한 열정으로 집약된다. "우리 같이 가세나"의 청유형을 동원하여 일방성을 외면하는 일은 곧 모두를 사랑하는 보편성에서 인간애가 빛이 난다. 꿈과 희망을 건네주는 우정의 상징은 꼭 우정만을 강조하는 뜻이 아닌 것 같다.

4) 불교적 인식

김형식 시인의 정서에는 불교의 정신이 도처에 산재散在하고 있음이다. 이런 기저基底는 시의 성격을 가늠할 수도 있고 그러한 정서가 시에 관류貫流할 때 시적 특성을 나타낸다. 알다시피 불교와 기독교는 사고 형태가 다르다.

자비 또한 사랑이고, 기독교의 박애 역시 같은 의미일지라도 기독교는 내 앞에 다른 신을 절대 용납하지 않지만 불교는 그렇게 공격적이지 않다. 포용적이고 이질성을 수용하는 점에서 다르다. 가령 절에 산신각이나 용왕각이 있는 것은 인도의 전통불교가 수입되어 우리의 기층基層 종교 즉, 샤머니즘과 융합한 것을 의미한다. 이는 문화수용의 편파성이 아니라 이질적인 것을 수용하여 새로운 문화로 변형하는 특성을 상징한다. 서구는 독선적인 현상으로 이질성을 무자비하게 공격하였기 때문에 서양의 역사는 전쟁의 역사로 점철되어 왔다는 말은 새로운 것이 아니다. 〈서리꽃〉, 〈나 여기 있소〉, 〈반야선〉, 〈여름밤의 선정〉, 〈가을 법문〉 등을 예로 할 수 있다.

깊은 밤
포행布行중에
보리수에 눈이 간다
그믐달 바랑 메고 산을 넘어 바쁘다
하안거 스님들께 시주하러 가시겠지

저희들 세속 인연
업장이 지중하여
이렇게 대중공양 보리수로 대신하니
스님들 이 시주물 받으시고 하루 속히 확철대오하시어

모든 중생
제도하여 주시옵소서
이생에 공부 끝내고
반야선 타고 가겠습니다

– 〈반야선般若船〉 중에서

반야般若－지혜의 배를 타면 어디로 갈까? 삶이란 지혜의 축적이요 이를 펼치는 일이 곧 살아가는 일의 전부일 것이다. 자비는 곧 이타행利他行의 시범이요 살아서 나를 앞세우지 않는 일은 너를 위한 뜻이기에 사랑의 크기는 무한으로 키우는 확대의 이미지가 앞장선다. 서구는 '나'를 위한 문화라면 동양은 '우리'를 위한 종합의 사고 형태가 누천년을 이어왔기 때문이다.

인간의 생은 끝없는 파도와 싸우는 배를 이끌고 목적지를

향해 떠나는 존재이기에 지혜로 맞서는 일은 삶의 진정한 모습이다. 김형식 시인은 반야의 배를 타고 어디로 가는 걸까? 중생의 제도濟度라는 거대한 목표를 향해 정진하는 뜻을 스님으로 의탁하는 모습이 의연하다. 나를 나로 바라보는 것이 아니고 나를 타인과 겹쳐서 바라볼 때, 또 다른 지혜의 길은 확대일로를 진행할 것이다. 윤회의 배를 타고 또는 선정禪定의 깊이에서 몰자아沒自我의 심연에 빠질 때, 중생의 구제는 곧 자기를 구제하는 일이 된다는 순환논법의 길이 넓어진다.

물안개 속에
연꽃 한 송이 피워 올려놓고

청개구리 한 마리
연잎에 앉아 삼매에 들더니

햇살 한 움큼
달빛 서너 가닥
비바람 회초리
물방개 두어 마리 친견하더니

연밥 한숭아리
번쩍 들고 법문하고 있다

연밥 속에는
여왕벌이 산다

세상은 향기롭다

이눔들아
알겠느냐

-〈가을 법문〉 전문

자연의 이법理法을 끌어와 전법륜轉法輪의 말씀을—가을의 변화 앞에서 무언가를 설득하려는 시인의 뜻은 고귀한 법의法衣를 걸치고 현신하는 환상이 드러난다. 청개구리가 삼매三昧의 깊이에 들어가는 비유는 불성의 차별이 아니라 모든 물상에도 불성佛性이 들어있기 때문에 깨달음의 근거는 인간에게만 있음이 아니라 세상 모든 물상—때문에 죽비를 들어 내리치는 "이눔들아/ 알겠느냐"를 포효하는 말이 울렁증을 가져온다. 세상은 향기롭고 따스하고 아름다움이 내재했지만 이를 깨닫지 못한 우둔한 인간에게 '알겠느냐'는 깨달음의 전달에 답답증을 비유한 뜻일 것이다. 김형식의 시는 정서가 불교의 가르침을 저변에 놓고 현실을 바라보는 안목이 있어 뜻을 충만하게 한다.

5) 육친의 정

한 사람의 인간은 그 최소단위가 가족으로부터 친척 혹은 친구로 확대하면서 사회영역으로 점차 증가한다. 물론 부모와의 관계는 필연적인 상관이지만 친구와의 문제는 선택적인 인정으로 처리할 수 있다. 이는 모든 시인들이 선택하는 평행이론의 근거를 갖고 시의 진행을 재촉한다. 고향이나 부

모 혹은 자연 등은 결국 시의 대상이고 이를 어떻게 요리하는가는 시인의 재능에 따라 다른 시적인 표정이 드러난다.

〈친구가 곁에 있어〉와 〈태양을 향해 쏘아라〉는 친구의 우정을 볼 수 있고, 〈사모곡〉, 〈어머니 아리랑〉 그리고 〈아버지 그 빈자리〉, 〈우리 할아버지 사는 법〉, 〈안해〉 등 친지와 가족에 대한 시화詩化가 눈길을 끈다.

가슴 속
품은 가시
얼마나 아리셨습니까

어머니
그 아린 가슴
시가 되었습니다

하늘 아래
가장 아름다운 시

어머니

평생을
가슴에 품고
노래하겠습니다

어머니

– 〈사모곡〉 전문

어머니의 사랑은 태초의 사랑이고 아버지의 사랑은 암묵적인 가슴의 사랑이다. 가장 원초적인 사랑의 근간이기 때문에 어머니는 고향의 정서이고 인간본질에 이르는 근원의 사랑이다. 퍼내도 퍼내도 샘물 같은 끈질긴 용출湧出이 어머니의 사랑이라면 그 끝은 무한의 아득함을 가지고 있을 뿐이다. 이를 알아차린 자식은, "평생을/ 가슴에 품고" 사랑의 보은을 맹세하는 김형식 시인의 마음은 아름답다. 이런 이유 때문에 '어머니' 는 아린 가슴과 결합에서 시가 되는 길이 열리게 된다.

가슴에,

가슴에 묻어둔

섬,

이어도離於島

아버지는 잘 계시겠지

그 섬에

그 섬에 가보고 싶다

- 〈아버지 그 빈자리〉 전문

아버지의 자리는 항상 외롭다는 비유처럼, 홀로 멀리 떨어

진 남단 이어도와 같은 고독을 감내하면서 평생을 살아가신다. 성숙한 뒤에 비로소 아버지의 고독을 알아차린 시인은 그 섬에 가고 싶다는 친근미를 발언한다. 말을 바꾸면 아버지의 삶을 이해한다는 뜻이 될 것 같다.

아버지의 삶은 아들의 삶과 유사하고 모든 것이 비슷한 형적形跡을 그리면서 살아간다. 다시 말해서 아버지를 외면하면서 살았어도 언젠가는 아버지의 길과 거의 유사한 길을 걷고 있음을 깨닫기 때문에 새삼 놀랄 경우가 있다. 결국, 아버지의 아들이라는 귀결은 벗어날 수 없는 태생적인 근원에 이른다는 뜻이다. 얼마나 그리우면 "그 섬에 가보고 싶다"는 소망이 절실성으로 그리움과 맞닿고 있음은 유별난 시심의 한 줄기로 보인다.

시는 자기 고백이고 그 고백은 가장 시적인 장치를 구유具有할 때, 비로소 살아나는 시의 모습으로 시인의 사상을 나타낸다. 이제 한 편의 시로 김형식의 정신도情神圖를 추적한다.

부시시 잠 털고
주인 기다리고 있는
신발장 한구석 검정구두 한 켤레
오늘도 무사귀환 두 손 모아 기도한다

온몸 희생하며
견디어 낸 구두 뒤축
얼마를 닳고 닳아 이 모양이 되었을까
그 얼굴 뒤집어 보니 어둠 속 그믐달

조용히 겹쳐 드는
야위고 여윈 그 얼굴
늙으신 우리 어머니 구름에 달 가듯

자식 위해서라면
오체투지五體投地 마다 않는
어머니 자식사랑
무엇으로 보답할까

출근길에
가슴 울리는
하얀 발자국 소리

-〈구두 뒤축〉 전문

희생은 숭고한 삶의 이치를 실현하는 것이다. 나를 위함이 아니라 타인을 위한 불가佛家의 이타행을 의미한다. 이는 참된 사랑이고 세상을 밝은 빛으로 촛불을 켜는 일과 다름이 없다. 구두는 주인을 위해 날마다 닳아 없어지지만, 불평이 없고 오로지 헌신에 매진한다.

이런 희생은 인간이 멀리 길을 가는 나그네의 길에서도 자신을 지키는 임무를 수행할 수 있다면 구두는 그 자체로 위대한 몫을 감당하는 점을 인정한다. 인간 또한 사랑의 실천이 구두와 같을 때 위대한 사랑에의 결실이 자화상으로 확대될 것이기 때문이다. '온몸 희생하여' 인고忍苦의 일생을 헌신獻身하는 일은 구두 한 짝에서도 넉넉한 교훈의 울림이 온다. 이

를 보여주는 그림—고흐의 〈농부화〉를 보면, 실밥이 뜯어지고 또 뒤틀린 헌 구두 한 켤레에서 그 농부화를 신었던 농부의 신산辛酸한 삶을 웅변으로 설득하는 그림처럼 구두는 곧 구두 주인의 모습을 투영하는 점에서 상징의 고귀성을 표현한다. 김형식 시인의 구두는 곧 그의 일생의 한 단면을 바라보는 희생의 고귀한 자화상으로 설득된다.

이와 함께, 2018년 세밑에 배달되어 온 한국문인협회 기관지 『월간문학』(2019년 1월호)에 문학평론가 이혜선 박사의 '2018년 하반기 시 총평' 이 게재되어 있는데 마침 김형식 시인의 시 〈구두뒤축〉을 소개하였기에 옮겨본다.

『월간문학』 2018년 5월호부터 10월호까지에 수록된 시작품을 읽으면서 느낀 점은 다양한 시의 향연이 펼쳐져 있다는 생각이었다. 서정적인 시, 감동을 주는 시, 현대적인 이미지즘의 시 등이 다양하게 펼쳐져 있어 향연을 느끼게 한다. 그런가 하면 행만 바꾸어 놓는 수필 같은 시, 잘 나간다 싶은데 마무리가 안 된 시, 뜻 모를 암호 같은 시, 그중에서도 나이든 시인은 나이타령을 하거나 혹은 직설적인 훈계를 하거나 단정해 버리는 비시적非詩的인 글도 보인다.

그중에서 눈에 띄는 시—메타포가 살아 있는 시, 음미해 볼 깊이가 있는 시, 감동적인 시 등을 찾아서 함께 생각해 보고자 한다.

김형식 시인의 〈구두뒤축〉(2018. 5.)은 메타포를 잘 살린 시로 읽힌다. "부시시 잠 털고/ 주인 기다리고 있는/ 신발장 한 구석 검정구두 한 켤레"를, 자기 몸이 닳고 닳도록 온몸을 희

생해서 자식을 위해 살아온 늙으신 어머니로 환치하면서 감동을 이끌어 내고 있다. 어머니의 사랑을 직설적으로 표현한 시들이 많지만, 김형식 시인은 신발장 한구석에서 주인이 돌아오기를 기다리는, 뒤축이 다 닳은 '구두'라는 객관 상관물을 통해 "여윈 그 얼굴"이 삭아 가는 줄도 모르고 "오체투지"로 자식을 위해 희생하는 어머니의 삶을 재구再構해 내는 데 성공하고 있다. *이혜선, "다양한 시의 향연", 『월간문학』(2019년 1월, 통권599호, pp.290-291).

3. 마무리 – 고귀함의 정신여행

시는 시인의 목소리를 담아낼 때 바람직한 현상이 도출된다. 더러는 나이브할 수도 있고 더러는 강직한 모습으로 다가올 수도 있다. 특히나 개성의 한 단면이 시로써 표출될 때 개성은 곧 시의 성공적인 요소와 밀접한 관성의 길을 걷게 된다. 따라서 김형식 시인의 시에서 뿜어져 나오는 언어의 절제미와 함께 탄력을 높여 주는 맛깔스러운 풍류를 더한 시적 묘미는 독자들로 하여금 열독률 상승에 편승하여 시인의 시적 성공으로 귀결된다. 더욱이 그의 감각적인 시어 창출과 함께 해학을 더한 대화체 구축에서 얻어지는 이미지는 상징어로서의 시적 영역을 더욱 넓혀 주면서 봄날의 화사한 이미지마저 더하고 있다. 그리고 불교적인 사유의 세계에서 오래도록 연마된 그의 시편들에 관류하는 정서적 단아함은 안온하고도 평화로운 시적 벌판에서 마음의 짐 모두를 내려놓고 산책하는 아름답고 고귀한 정신여행으로의 이정표가 될 것인 바 김형식 시인의 대성을 기대해 본다.

1부

따뜻한 커피 한 잔

가을, 이 깊은 밤에
성형수술
친구가 곁에 있어
따끈한 커피 한 잔
풍악산 음악회
터널
여유가 없다, 며칠이면 되겠느냐
구두 뒤축
모를 뿐
우주여행
뒷모습

가을, 이 깊은 밤에

깊은 밤
귀뚜라미
서럽게 울고 웁니다

이제는
이 가을을
떠나보내야 한다고

님 가고
너마저 가면
나는 어떻게 하라고

귀뚜라미
울고 울어
나도 따라 웁니다

성형수술

친구야,

나는 말이야

손주들이
재롱을 피면
사진 찍어 마음 속에 담아두지

보고 싶을 때
꺼내 보면
내 얼굴이 싸악 펴져

한 번 해 봐
성형수술이 필요 없어
특히 주름 펴는 데는 최고야

내 강아지들
보고 있으면
웃음꽃이 활짝 피어
성형수술할 필요가 없어

친구가 곁에 있어

있잖아,

나는
가지 끝에
매달린 단풍잎을 보면

나도 모르게
손을 꼬옥 움켜쥐지

바람이 와 건드리면
속이 상해

건드리지 말라고 하지

바람이 또 와서 집적거린다

흔들흔들
마지막 잎새

친구야
외로워하지 마
내가 곁에 있잖아

따끈한 커피 한 잔

눈이 내리고 있다
이렇게 눈이 내리는 날이면
우리 아내 불러내어
커피 한 잔 하고 싶다

따끈한 커피 잔에
흰 눈송이 받아 들고
수다도 떨어가며
석촌호수 둘레길을 걷고 싶다

달디단 추억은
듬뿍 까 넣고
쓰디쓴 추억은 쪼금 넣고
사랑의 막대기로
스윽쓱 저어서

겨울 손 꼭 붙잡고
하얀 눈 맞으며
따끈한 커피 한 잔 진하게 나누고 싶다

풍악산 음악회

등산길에

노랑나비 떼 지어 날고 있다
촛불 들고 고래고래 함성이다
은행잎이다 색깔이 노랗다

호랑나비 우수수 날고 있다
태극기 들고 목 터져라 외친다
단풍잎이다 색깔이 빨갛다

나무들도 좌파 우파 나뉘어서
등산길을 쓸고 다닌다
그 길을 우리는 울긋불긋 기어오른다

저마다 색깔이 다른
나무들 모여 하나가 된 산
이것이 자연이다
보기 좋다 경외롭다

우리네 가을산 하모니
풍악산楓嶽山 음악회

터널

짐승,
허물 벗고 있다

빛을
찾아가고 있다

길~다

여유가 없다, 며칠이면 되겠느냐

세월을 잡아두고
놀고 싶은 네 마음
어찌 모르겠는가
바쁘다는 핑계로
깜빡 잊고 있었다니

이놈아 그게 말이 돼
네 님을 혼저* 두고
독수공방케 하는 죄
곤장 365대다

그것은 너무하오
내 말 좀 들어보시오
처자식 건사하느라
여유가 없었습니다

여유餘裕라 여휴餘休가 없다 며칠이면 되겠느냐

* 혼저 : 혼자의 강원도 방언

구두 뒤축

부시시 잠 털고
주인 기다리고 있는
신발장 한구석 검정구두 한 켤레
오늘도 무사귀환 두 손 모아 기도한다

온몸 희생하며
견디어 낸 구두 뒤축
얼마를 닳고 닳아 이 모양이 되었을까
그 얼굴 뒤집어 보니 어둠 속 그믐달

조용히 겹쳐 드는
야위고 여윈 그 얼굴
늙으신 우리 어머니 구름에 달 가듯

자식 위해서라면
오체투지五體投地 마다 않는
어머니 자식사랑
무엇으로 보답할까

출근길에
가슴 울리는
하얀 발자국 소리

모를 뿐

무엇이
호수를 쓸고 있는가

바람, 빗자루, 동장군

호수가 삼매三昧에 들었다

나뭇가지 춤추고 있다

누구의 짓인가

바람인가 나뭇가지인가
마음이 흔들리는 것이다

마음은
어디에 있는가
나무 끝에 있는가

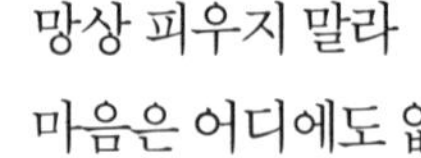

망상 피우지 말라
마음은 어디에도 없다

다만 모를 뿐

우주여행

건강검진
깨끗이 비운 장기臟器

소변채취, 채혈… 복부초음파 끝내고
마지막 장臟검사
긴장된다 우주여행 떠나자

위胃 내시경
별똥이 몇 번 튀고
은하 속으로 빨려 들어가는 모니터
우주의 신비 장관이다

은하銀河는 담홍색 샅샅이 뒤진다
보물 찾아 블랙홀을
들어갔다 나오기도 하고 스릴 만점
이 곳 저 곳 위벽에 유성의 흔적

다시 항문으로
기어 들어가서
대장 속으로 여행 떠난다
긴장된다

뒷모습

모녀가
손을 꼭 잡고
조근조근 앞서 간다

겨울 산책길

"애야 춥다"
"엄마 그래 춥네"
"땅속에는 춥지 않겠지"
"아니야 그곳은 어둡고 더 추워"
"그래, 나 죽으면 화장해 주라
나는 춥고 어두운 곳은 싫어"
"엄마, 염려하지 마 내가 있잖아"

석양길
모녀의 뒷모습
봄과 가을이 겨울 속으로 걸어 들어가고 있다

찬바람 사이에 두고
나도 그 뒤를 따라 걷는다

2부

붓끝에 은하銀河를 찍어

붓끝에 은하銀河를 찍어

흰 밤 뜨락에 나가
어둠을 살피다가
별들을 눈에 넣고 잠자리에 드니

누군가 은하 속에서
나를 부르는 소리
생텍쥐페리의 어린왕자는
어느 별에 있을까

쪽배에 몸을 싣고
빨려 들어가는 우주여행
달 밝은 복사꽃밭을 걷고 있는 이 기분

어쩌면 이렇게도
아름다울 수 있을까
이곳이 별천지
무릉도원이라 했던가

붓끝에 은하銀河를 찍어
환상의 꿈을 그린다

서리꽃 단상

세월이
허공 속을 지나다가
잠시 쉬고 있다

산야에 하얀 꽃

너의 모습
무엇으로
보아야 할 것인가

세월,
아니면 허공?

아니다
내 육신이 쉬고 있는 것이다

북소리 들으며

시時도 때도 없이
북을 치고 있는 나무

철따라 흙의 영혼이
빛으로 다가와서
꽃으로, 검푸른 심장으로,
풍성한 열매로, 텅 빈 가슴을 울리고 있다

나무가
하얗게 북을 치고 있다

어제 저녁에는
설한풍 알몸으로 막아서서
둥둥둥 감동을 주더니

오늘 아침에는
서리꽃 드레스 걸쳐 입고
백마 탄 왕자를 기다리고 서 있다

영혼의 북소리 들으며
봄으로 걸어 나가자 한다

둥둥둥
서리꽃에 숨어서
나무가 북을 치고 있다

둥 둥 둥 둥

그뿐이랴

부인! 어진 부인은 남편을 귀하게 만들고
악한 부인은 남편을 천하게 만듭니다
그뿐이랴 귀한 남편을 둔 부인은
검정고무신에 무명치마 걸쳐 입어도
그 향기 천지간天地間을 아름답게 하지만 천한 남편을 둔 부인은
서천십양금西川十樣錦*을 감고 싸다녀도
저잣거리 날파리들의 눈요기감일 뿐

부인! 현명한 국민은 대통령을 성인으로 만들지만
어리석은 국민은 대통령을 사기꾼으로 만들지요
그뿐이랴 어진 대통령은 국민을 편하게 하지만
나쁜 대통령은 국민을 불안하게 만듭니다

부인! 현명한 부모는 자식을 홀로 서게 하고
어리석은 부모는 자식에게 늙은 피젖을 빨게 하지요
그뿐이랴 부모가 어린 여식을 바르게 키우지 못하면
그 나무 자라 시갓집 용마루를 밀어내고 말지요

부인! 좋은 친구는 우리를 기쁘게 하지만
나쁜 친구는 우리를 슬프게 만들지요

부인! 현명한 부인은 가정을 행복하게 하지만
어리석은 부인은 가정을 불행하게 만든답니다

부인! 어질고 현명하시라
이 땅의 어머니여, 어머니가 병이 들면
가정이, 나라가, 이 세상이 어떻게 되겠소

그뿐이랴 이것뿐이랴

부인! 이 세상은 부인뿐인 것을

*서천십양금西川十樣錦 : 서천에서 나는 고급비단에 꽃을 수놓은 옷. 금강경 오가해 묘행무주분(金剛經 五家解 妙行無住分)의 야보冶父선사의 解를 인용한 십양금.

서리꽃

흰머리
갈대꽃으로부터
뚜벅뚜벅 걸어 나온 겨울

자라고
자라나서
피워낸 하얀 얼굴

서리꽃,

나 이제 스러져
봄으로 다시 오겠다

진리를 보았는가

네 이름은 서리꽃,
상고대라고도 했던가
참 곱구나
부모가 누구인고
누구를 닮았는가

무릇 형상이 있는 것은
모두가 다 허망하여
만약 모든 형상을 형상이 아닌 것으로 보면
곧 진리를 보리라 했는데

서리꽃,
이놈 너의 참모습은 흰 고양이 꼬리다
청천 외기러기 울음소리다
봄날 버들강아지다

아니다
바로 보라
내 이름은 없다

이제 진리를 보았는가

신의 회초리

천지간天地間 무술년戊戌年(女)이
독하게 짖어 쌌는다
멍멍멍 정초부터
설쳐대고 있으니
사람들 꽁꽁 얼어서
독감이 횡행하는가

금연禁煙은 작심삼일作心三日
원단元旦의 통과의례通過儀禮
수신修身도 못한 주제
웬놈의 건강인가
온지사방 널려 있는
담배꽁초에 화가 났다

멍멍멍 짖고 있는
무술년(女) 메시지
환경을 오염 말라
지구가 병들고 있다
호되게 꾸짖고 있는
신의 엄한 회초리

서두르지 말게

눈이 내리네
걸어갈까 차를 타고 갈까
무슨 일 그리 바빠 서두르고 있는가

길이 미끄러우니
조심해서 가세 그려
겨울 가면 봄이 오는 건 순리順理 아닌가

벌써 입춘이 지났네
친구야 기지개를 켜고
어서 일어나시게
춘삼월 머지 않았어

그렇지만 잊지 마시게
생로병사 또한 순리 아닌가

무슨 일 그리 바빠
혼자 가려 하는가

친구야 어서 일어나
술이나 한 잔 하고 가시게

눈(雪)은 흰고양(白猫)이다

간밤에
흰 도둑고양이 다녀갔다

날카로운 발톱
세상을 하얗게 평정平定했다

부드러운 털
눈의 신비 어린다

아름다운 꼬리
서리꽃 피었다

쫑긋한 귀
눈 속 푸른 봄 불을 지핀다

꽉 다문 입술
휘둥그런 눈
경고 레이저를 쏜다

"야아옹"
눈 속에 숨는다고

흰둥이 되는감

날카롭게
쭉 뻗은 수염
흰 칼 번쩍 들어 소리 지른다

겨울비 내리는 날
나 너를 베겠다

피굴맛

사발 속
분청하늘
뭉게구름 반갑다

시원한
국물에 퐁당 빠져
맛으로 목욕하고 있는데

남쪽 바다
내 고향이 나를 부른다

겨울바다
고흥반도 그 피굴맛

지금 몇시인가

삼대가 한집에 산다

초침 분침 시침

빨리빨리 뚜벅뚜벅 엉금엉금

시간을 끌고 가는 아이
시간을 잃어버린 아버지
시간에 끌려가는 할아버지

째각 째각 째각 째각

지금 몇시인가

밤 줍는 여심

궁금했다
너를 볼 때마다 궁금했었지

회오리바람 도리깨질하고
지나더니 지나가더니
정신없이 땅에 떨어진 밤송이
놀란 눈으로 쳐다본다

쭉정이는 비켜라 입양이라도 했어야지
아니야 미안하다 사정도 모르고
한 알은 섭섭이고
두 알은 본전이고
세 알 너는 애국자다

둘이 만나 사랑했으니
본전 이상은 해야지
저출산 참 걱정된다
우리 셋은 낳아 길러야지 않겠나

햇밤, 비닐봉투 가득하다
율촌에 아기 울음소리 그립다

3부

바람이고 싶다

태양을 향해 쏘아라

친구야 내가 쏜 화살이
과녁을 향해 날아가고 있다

보이는가
설령, 그 살 빗나간다 할지라도
나는 괘념치 않는다

활시위는 또 다시 당기면 되지 않는가

나는 매일 저 태양을 향해
화살을 쏘아 올리고 있다

태양을 명중하고
되돌아오는
저 찬란한 희망의 빛 보이는가

나는 이세상의 주인
내가 서있는 이 자리는
바로 우주의 중심

나는 내일도 쉬지 않고

태양을 향해 화살을 쏠 것이다

친구야 쏘아라
태양을 향해 너의 화살을 쏘아라

희망은 빛으로 돌아올 것이다
태양을 향해 쏘아라

평창 동계올림픽

평창, 평창 평창
세계가 하나 되고
민족이 하나 되는 설원의 축제

백두 설원에
지구촌 젊은 건아들
평화의 메아리 새긴다

지구는 하나다
태초부터 우리는 하나였다

평창 동계올림픽
분쟁과 갈등을 넘어
화합으로 하나 되는 축제

이를 이어 남북통일로 나아가자
9천년 민족의 역사를 바로 세우고
새로운 역사를 써 나가자

평창, 평창 평창
설원에 울려 퍼지는

평화의 산울림

민족이 하나 되고
세계가 하나 되는 메시지

통일로 가는
제23회 평창 동계올림픽

살구꽃 곱게 피면

눈 속에 아이들이
숨바꼭질하는 소리

술래야 나 잡아라
요기조기 숨었다

봄을 기다리는
우물가 살구나무

돌담에 속삭이는
햇결 한 움큼 걷어서

앙상한 가지에
걸어주고
사랑을 고백하자

사랑한다
춘삼월
살구꽃 곱게 피면
우리 결혼하자 청혼해야지

한강의 바람

강호江湖*에
노닌 바람
가을을 그리고 있네

석양은
가자는데
붓을 놓을 수 없다?

뉘 생이
그리 고운가
어디 한 번 일러보시게

*강호江湖 : 자연의 넓은 세상. 벼슬을 하지 않는 자가 숨어 사는 곳.

불일암 빠삐용의자

송광사 불일암

후박나무
직박구리 어치 동고비

파초
태산목 굴거리나무

바람
빛, 그림자
목탁, 풍경소리

싸리비

법정스님의 빈자리

무소유
불일암 빠삐용의자*

*빠삐용의자 : 법정스님이 영화 빠삐용을 보고 만들었다는 의자. 주어진 인생 낭비하지 말고, 필요없는 것을 소유하지 말라는 법정스님의 무소유 메시지가 담긴 40년 된 의자

외기러기 울음소리

오곡밥
부럼 깨물고
보름달 구경하다가
귀밝기술 한 잔에
떠올리는 얼굴 하나
잊을 수 없는 친구
지금은 떠나고 없습니다

풋풋한 동심으로
불러보는 그 이름
그 옛날 쥐불 놀던
독다리 그립다
잔속을 헤매고 있는
외기러기 울음소리

끼이악
끼악 끼악
자꾸만 목에 걸려
동백꽃 물그림자로
붉어지는 눈시울

바람이고 싶다

나는 바람이고 싶다
눈 속에 잠자고 있는 냉이 일깨워
봄내음 살짝 흔드는 바람이고 싶다

나는 바람이고 싶다
우물가 개구리 잠 깨워
가갸고교 책읽는 바람이고 싶다

나는 바람이고 싶다
겨우내 움츠린 젊은이들에게
희망 주는 바람이고 싶다

나는 바람이고 싶다
여인의 치맛자락
살짝 흔드는 바람이고 싶다

나는 바람이고 싶다
꺼져가는 생명의 불씨
살려 내는 바람이고 싶다

아직 내가 바람이고 싶은 것은

외로운 내 가슴에 봄바람
일고 있기 때문이어라

나는 바람이고 싶다

열녀烈女의 노래

저무는
우수야雨水夜에
잔설 아직 춥습니다
고향 땅 선산 끝은
봄이 벙그러졌지요
무엇 하고 계십니까
저녁은 드셨지요

책도 보고 글도 쓰고
별빛은 외로운데
선정에는 드셨는지요
오고 감에 걸림 없으니
한 번 다녀 가시구려

잔설 녹여내고 있는
온기 내게 아직 남아 있어

손끝에 밤을 지펴
봄을 뜨고 있답니다

꽃방석 만들어 놓고
기다리고 있을게요

봄소식(경칩)

똑 똑 똑
누구세요
3학년 개구리입니다

아~
어서 와요
겨울잠 잘 잤어요

가갸거겨
고교구규
선생님 봄이 왔어요

이 봄 함께 할 수 있어

참 용하지요
녀석들 노래를 들으면
눈물이 납니다

가글갸글 신나게 합창하다가
누군가 다가서면 '쉬' 하고 멈췄다가
경계 풀고 다시 노래합니다

생존의 지혜지요
사랑하라 건강하라 세상 주인 되라
뿌악뿌악 어미 선소리 따라 합창합니다

8,400만 년 하루같이*
대를 잇고 이어 찾아와서
봄을 깨워 주는 개구리
고마워서 눈물 납니다

뜨락에 풀이
다시 돌아와서 우는 것이 아닙니다
꽃 그리워서 우는 것이 아닙니다
이 봄 함께 할 수 있어 눈물이 납니다

이 세상 주인 되라
가글갸글
봄노래 따라 부르니 눈물 납니다

*8400만년 전에 개구리가 한반도에 서식

갈대의 노래

갈대와 갈 때는
전혀 뜻은 다르지만
소리로는
구별이 되지 않아서 헷갈린다

갈 때,
해우소 갈 때 저세상 갈 때
무엇인가를 비우라는 예언적 의미를 담고 있어
그림자를 뒤에 두고 있는 듯하다
뒤를 돌아보게 하는 여운

그렇지만
강가에 서있는
갈대는 누군가에게
손을 흔들고 서 있지 않는가

갈대와 갈 때는 태고 이전에는
한 몸이 아니었을까
그때는 형상은 없고 소리만 있었으니까

인연은 그곳에서부터 시작되었다

임이여 혼자서는
저 강은 건너지 마오

빈강에서
달이 걸어 나올 때까지는
건너지 마오

임하 가지 마오

솟대의 진언

셋째를 출산하셨군요
고생하셨습니다

서말 서되나 되는
그 많은 피 흘리시고…
시방 부모은중경을 듣고 있습니다

이 경을 듣고 아난이
부처님께 여쭈었습니다
세존이시여,
이 책을 무엇이라 이름하여
어떻게 지녀야 합니까

이 시집은 '광화문 솟대' 라 할 것이니
너희들은 받들어 지녀야 할 것이니라

광화문 솟대의 진언

'세워 세워
너 자신을 세워
민족의 역사를 바로 세우자'

4부

연분홍으로 오세요

사모곡

가슴 속
품은 가시
얼마나 아리셨습니까

어머니
그 아린 가슴
시가 되었습니다

하늘 아래
가장 아름다운 시

어머니

평생을
가슴에 품고
노래하겠습니다

어머니

새벽 달빛이

누가
뜨락을 쓸고 있을까

궁금해서
창문 열고 내다본다

새벽 달빛
바람을 들고 서 있다

나도
쓸어버리고 싶은 것이 있다

그것은
마음의 티끌

나 여기 있소

싹이 파릇파릇 나옵니다
작년에 나온 바로 그 자리에
올해도 새싹이 나옵니다

사람이 태어납니다
전생에 태어난 바로 그 사람이
지금 어디에서인가 또 태어납니다

생명 있는 모든 것들은 과거에도 있었고
또 미래에도 있을 것들입니다

시간은 흐르는 것이 아니라
과거가 현재에, 미래에도
똑같은 것이 손에 손을 잡는 것입니다

새싹, 파릇파릇 나옵니다
죽은 것이 영원히 죽지 않고
나 여기 있소 소리지르며
다시 태어납니다

나 여기 있소

벚나무 아래 앉아서

벚꽃 잎
땅에 떨어지니

추녀 끝 매달린 풍경風磬*
안타까웠던 것입니다

그래서 꽃잎 땅에 닿기 전에
몸 바꾸어 주고 싶어
헤엄을 쳤습니다

뎅그렁 뎅그렁
뒤척일 때마다
시냇물 흐르는 소리

그런 줄도 모르고
꽃잎은 계속 계속 뛰어내려

몸을 바꾸어
또 다른 세상으로
헤엄쳐 가고 있습니다

*풍경風磬 : 사찰 처마 끝에 다는 작은 종. 속에는 붕어 모양의 쇳조각을 달아 바람이 부는 대로 흔들리면서 뎅그렁 뎅그렁 소리 내지요.

얘야, 시집 보내주마

세 번째
시집 내고 나니
할머니 얼굴이 떠오른다

장님 삼년
벙어리 삼년
귀머거리 삼년

그 석 삼년

눈물로
가슴에 쓴 시집살이

할머니가 어머니에게
어머니가 아내에게
아내가 며느리에게 전해 준

그 시집 나왔다

얘야, 시집 보내주마

너의 딸에게
너의 딸이 그 딸에게
대를 이어 전해져
세상 속에 전설이 되었으면 좋겠다

얘야,
시집 보내주마

대숲에 이는 바람

누가 부는가

이 봄밤
저 대금大笒소리

세상을
멈추게 한 저 신의 소리

어디에서 와서
어느 곳으로 가고 있는지

왔다 가는
생명은 모두 다

대숲에 모여들어

열세 구멍,

그 구멍마다

쌍골죽 밤은 깊어 가는데

열 백 년
피고 지는 댓꽃

그 향기 취하고 싶다

대숲에 이는 바람

*대금 : 우리나라의 전통적인 목관 악기 가운데 하나. 삼금 가운데 가장 큰 것으로, 묵은 황죽黃竹이나 쌍골죽으로 만든다. 구멍은 열세 개, 음역音域이 넓어서 다른 악기의 음정을 잡아 주는 구실을 한다.
한자 '笒' (금)의 본래 뜻은 속찬 대나무.

性의 순례

달래, 탐지다
하얗고 통통한 것이
새콤달콤 무쳐
저녁상에 내놓으면 좋아하겠다

당신, 내 마음 읽어낼까
보채는 아이에게 눈 맞추어 주고
달라고 했을 때 강아지모양
꼬리만 쳐주면 되는 일을 그냥 짖어대기만 하고

전도되어 가는 꽃과 나비의 성性
봄 언덕 서클어지는
달래바구니 앞에 놓고
마음 다듬고 있는 아낙

느낌이 달래요 했을 때 주고
느낌이 주래요 했을 때 주고 살지

멍멍멍 짖는가
성의 순례
봄 캐는 아낙 빙그리 웃는다

조국祖國

9천년
이어 내린
한 많으신 조국,

널문리가
판문점으로 불리우던 그날
슬퍼하셨다
38선
그어지던 그날
슬퍼서 우셨다

6.15선언 있던 그날
기뻐하셨다
4.27 판문점선언 있던 그날
기뻐서 우셨다

심신이
지쳐 돌아오신
말이 없으신 조국,
누대 이어 나가실
민족의 어머니 조국

미안하다, 동백꽃

미안하다

미세먼지

저리
하늘을
뒤덮고 있어

숨이 막혀
떨어지고 말았구나

미안하다,
동백꽃

연분홍으로 오세요

홍도화
꽃비 내리면
한길로만 오세요

민속관
끼고 돌아
개울 따라 십리길

별빛마을
지나거든
달빛마을로 오세요

한 고개 넘어 우리 집

찌잇 찌잇 찌이
산솔새 따라
소나무 사잇길로 오세요

연분홍으로
오시면
누가 안대요

호상好喪이로다

만산홍엽,
가을 길
따라 나선다

서운하다

어디로 가는가

가는 데는 순서가 없다더니

곱게 살다 가는구나

우리 푸른 꿈으로 다시 만나자

조의弔意를 표한다

5부

파랗게 돋고 싶다

어린이날 선물

아해야
하늘에 저 별 하나 보이느냐
파랗게 빛나는 별,
꿈이 많은 녀석이지

그 녀석,
누구인지 알고 싶지 않니

놀라지 말라 바로 너란다
이 우주의 주인 말이다

아해야 이 지구의 중심이
어디인지 알고 있니

지금 너가 서있는 그곳이
바로 이 지구의 중심이란다

아해야 어린이날 선물이다
큰소리로 외쳐 보아라

“나는 이 지구의 주인이다”

"내가 서있는 이곳이
바로 이 지구의 중심이다"

아해야 너의 별에
푸른 꿈을 심어라

푸른 꿈을

아버지 그 빈자리

가슴에,

가슴에 묻어둔

섬,

이어도離於島*

아버지는 잘 계시겠지

그 섬에

그 섬에 가보고 싶다

*이어도離於島 : 일명 파랑도破浪島라고도 하는데 마라도 서남쪽 81해리(149km), 중국 서산다오余山島에서 287km, 일본 나가사키(長崎)현 도리시마(鳥島) 서쪽으로 276km(160마일) 가량 떨어진 지점에 위치해 있다. 평균 수심 50m, 길이는 남북으로 1800m, 동서로 1400m이다. 또 면적은 11만 3000평 규모이며, 4개의 봉우리를 가진 수중 암초다. 국내 해양학계에서의 공식 명칭은 파랑도破浪島.

파랗게 돋고 싶다

창문 열자
시야 가린 물폭탄

5월 18일 전야

하얀 천둥 번개
섬뜩 이마받이한다

사기그릇 깨지는
골짜구니
비바람 휘모르니

다시 되살아난 악몽들
바로 어제 일인 듯

철 아닌 폭우
농부는 누역이* 쓰고 삽을 든다

가마우지 멱감고 지난 자리
미나리 파랗게 돋고 싶다

*누역이 : 우장. 도롱이의 옛말

이 땅에 그 새소리

4.27일,
판문점선언 있던 그날
남북정상 산책하는 도보다리
세계의 눈이 울긋불긋 모여들고
백두산과 한라산이 지켜보는 가운데
자존을 알리는 새들 두 손 번쩍 들어
단독회담 분위기를 한껏 띄워 주었다

두 정상 처음 마주앉아
이야기 시작할 때
되지빠귀, 휘욧 휘욧 휘이 찌이~
산솔새, 찌잇찌잇 찌이~
이국에서 날아온 철새들 나서서
이쁜 목소리로 긴장을 풀어 주었다

이야기는 익어가고
청딱따구리, 끼끼끼끼~
방울새, 쩍쩍쩍
쇠박새, 치치치치
장끼, 꿩 꿩 꿩
곤줄박이 지지배 지지배

이번에는 우리텃새들 뒤를 이었다

두 정상 회담 마치고 산책할 때
직박구리, 삐익 삐익 삐이익
박새, 쯔~잇 찌이이
박수치며 환호했다

뜨거웠던 세계의 이목
도보다리 단독회담 그 평화의 메시지
새들은 이미 알고
호기심 가득 담고 하늘을 날았다

이제는 싸우지 말고
평화통일 이루어
민족의 역사 다시 써 나가자

그 새소리,
백두산과 한라산이 울었다
전세계도 눈을 훔쳤다

*글속에 등장한 9종의 새는 판문점에 실존하고 있는 새임

그날로 달려가고 싶다

신이여,
내게 가위를 다오

시간을 돌려
그날로 달려가고 싶다

2014년 4월 16일,

맹골수도로 달려가서
우리 단원고 학생들에게
미리 사고를 알려주고 싶다

"오늘만은
어른들 말 믿지 말고
어서 날개를 달고 하늘을 날아오르라"

그날로 달려가고 싶다

신이여
내게 가위를 다오

참혹한 그 시간 싹둑 잘라내 지워 버리고
다시 편집해 우리 제주도로 여행을 가자꾸나

어서 날개를 달고
날아오르라

그날로 달려가고 싶다

생사관生死觀

설악雪嶽 주인
무산霧山 대종사 적멸에 드시니
산은 슬퍼하고 골짜구니 메아리는 그치지 않네
나무아미타불 나무아미타불

시조시인 오현스님
걸망 놓고 떠나가신 길
나무아미타불 나무아미타불

천방지축天方地軸 기고만장氣高萬丈
허장성세虛張聲勢 살다 보니
온몸에 털이 나고 이마에 뿔이 돋는구나 억!

열반송 던져놓고
떠나가시는 님이시여 언제 오시렵니까
나무아미타불 나무아미타불

모였다 흩어지고 흩어졌다 모이는 게
생生과 사死가 아닌가
나무아미타불 나무아미타불

연화대 꽃비 내리니
무지개 하늘과 땅을 이었네
나무아미타불 나무아미타불

생명의 강

정문골 옹달샘에
등산객 줄을 선다
젖먹이 에미 앞에 배고파 보채이듯
표주박 건네받으며 갈증 달래고 있다

기다리는 선재동자
어머니 바로 본다
아기 가진 어미만이 젖을 낼 수 있듯
대지는 옹달샘에 생명수 내고 있다

땅을, 어머니라
부르고 있는 그 진리
찌르르 젖이 돌 때 눈물 핑 돈다던
아내의 젖가슴에 생명의 강 흐른다

반야선般若船

깊은 밤
포행布行*중에
보리수에 눈이 간다
그믐달 바랑 메고 산을 넘어 바쁘다
하안거 스님들께 시주하러 가시겠지

저희들 세속 인연
업장이 지중하여
이렇게 대중공양 보리수로 대신하니
스님들 이 시주물 받으시고 하루 속히 확철대오하시어

모든 중생
제도하여 주시옵소서
이생에 공부 끝내고
반야선 타고 가겠습니다

그믐달
바랑 메고
산을 넘어 바쁘다

*포행布行 : 스님들 참선하다 잠시 방선 중 한가로이 뜰을 걷는 일.
*보리수菩提樹 : 보리수나무 열매(석가모니 보리수나무 아래서 성불하셨다)

씻김굿

– 조국, 6월의 영령英靈들께 바침

(나무야 나무야
나무 나무 나무야
나무불이나 길이나 닦세)

말짱 좋은 달
6.25 그날이 오면
팔도강산이 신열이 나
서럽고 애달픈 달이 구름 속에 뜨네

전란의 슬픈 악몽 안고 떠나지 못한 넋이여
피아골에 주인 잃은 녹슨 철모는 삭아가는데
부모 형제 처자식 잊지 못해
떠나지 못하는가 이제는 떠나야지
오늘 밤 굿판 벌려 매듭 풀어 천도코자 하니
훠이 훠이 훠어이 떠나가시게나
(나무야 나무야/ 나무 나무 나무야/ 나무불이나 길이나 닦세)

불쌍타 불쌍해 6월의 영령들이여
(춘일은 원약하고/ 하월은 동령한데
청림녹엽이 만발하니
정처 찾아 쉬어들 가시오

나무야 나무야/ 나무불이나 길이나 닦세)

조정래는 태백산맥에
그 슬픔 모다 담아 소지했건만
그것으로도 부족해서 떠나지 못하는가
(나무야 나무야/ 나무불이나 길이나 닦세
한고부 가시다가
백노홍강 녹수일랑/ 원앙 한쌍이 있었거든/ 새왕길이나 물어서 가소)

바람아 텃바람아
안개향불 피워 올려 진혼곡이나 불러보소
전쟁터, 이 땅 지키다가 객사한 원혼들이여
어서들 오게 어서 오소
(우리나라 이씨왕은 춘추명절 달랬어도
염라대왕을 못 달래고
화타와 평작이는 약이 없어 죽었으며
공자씨 맹자씨는 글을 몰라 죽었던가)

산딸나무 하이얀 꽃아 넘실넘실 나빌러라
(어와 청춘 소년들아 홍안을 자랑 말소
어제 청춘 오늘 백발 그아이 가련한가)

4.27판문점 선언
등 돌린 남과 북이 하나로, 통일로 가자 하네
(당대에 일등미색 곱다고 뻐기지 말게
서산에 지는 해는 누기라서 금지하며
창해유수 흐르는 물/ 다시 보기 어려울세)

6.12 싱가포르 북미선언 냉전 끝낸 평화의 메시지
(불쌍하신 망제씨/ 아차 한 번 가게 되면
백골난망 넋이되야/ 혼자 슬피 울음 울면
그도조차 서러울제)

쑥꾹새 핏꾹 핏꾹 뻐꾹채로 울어
그것도 70년을 산을 넘고 이어 넘어
핏덩어리로 울었던가
(일신봉천 재불제천/ 상수설법 도제중에
백마나 권속 거느리고/ 명이나 명수 앞세우소
평등지옥을 면하소사/ 사제왕은 제사 오관대왕)

훠이훠이 훠어이 나빌러서
평화와 번영으로 나아가자
이제 모두 다 잊어버리고 극락정토로 어서 떠나시게

(일신봉천제불/ 상수설법 도제중에
태산지속을 면하소사/ 불쌍하신 6월 망자
이차지 천근을 여읍시다/ 일원에 천근 월월에 천근/ 야호문
전에 득수지라/ 천근이야 천근이야)

훠이훠이 훠어이~

* 채정례의 진도씻김굿 사설, 길닦음. 넋올리기. 희설에 운을 맞추다.
* 채정례(1925~) : 무녀. 진도 씻김굿 무형문화재 제72호 진도의 마지막 당골.

어머니 아리랑

까마귀 울음 마음에 걸린다
오후내 불길한 예감
그냥 아무렇지 않고 바쁠 것 없는 낮달
구름 사이 둥실 떠
누군가 기다리는 고향 골목길

산 그림자 지고

낳고 낳 놓으면 죽어
명 길라 부른 이름, 골목개
달덩이 내 손위 형 가슴에 묻던 그날 까마귀 그렇게 울었다던

당신 손사래,
아니야 하면서도
까마귀 울고 날면
골목길 얼비친 그 얼굴

한숨 섞던
어머니 아리랑
아직 맴돌아

오늘 또 무슨 일이
눈이 내리려나
비가 올려나
저놈 까마귀 울음소리

파랑새 시비의 소망

호련천
삼백리 그 길 따라
부모 형제 안부를 묻고 있소

해마다
봄바람 불어오면
푸른 하늘
푸른 들
날아다니며

나들이 간 파랑새
집 찾아가라고

해마다
봄바람 불어오면
푸른 노래
푸른 울음
울어를 예며

시성詩聖, 한하운님
고향 찾아가라고

6부

별을 줍는 밤에

우리 할아버지 사는 법

벌 한 마리
창문에 붙어
출구를 찾고 있다

“손님
길 잘못 들었습니다”

빼꼼이 문 열고 길을 안내한다

“저쪽으로 가면
꽃밭이 있어요
살펴 가세요”

우리 같이 가세나

여보게
어디로 가시는가
길동무, 나는 어떤가

어두운 길
밝혀 주는 달

꿈과 희망을 심어 주고
넉넉한 가슴으로 안아 주고
비워내고 살라는 친구 말일세

길을 가는
나그네여

여보게
어디로 가시는가

우리 같이 가세나

중매쟁이

용문사, 절에 가면
품이 넓은
한 처자가 짝을 찾고 있다

살아 있는
화석 은행나무

그녀는 천년하고 또 백년을
그곳에서 신랑을 기다리고 있는 것이다

태곳적부터
바람은 이들을 맺어 주고 있다

바람아 불어라

*은행나무 수정은 바람이 한다. 단지 정자에 꼬리부분이 사라졌을 뿐. 인간의 그것과 똑같다는 사실 흥미롭다. 2억5천만년 전부터 이 땅을 지켜온 살아있는 화석, 은행나무.

별을 줍는 밤에

연꽃 한 송이 집에까지 따라왔다
길상사 다녀오던 날 밤
나는 잠자리에 누워 날개를 단다
밤하늘을 날고 있다
쑥국새 우는 정문 산골로 가서
사랑하는 님과 별을 주우며 오두막에 살련다

김영한, 진향, 자야, 길상화는 잘 계시겠지
백석과 법정스님도 여전하시고
열여섯 청상과부와 남정네들

백석의 연인, 자야는
1천억 전 재산을 보시하면서
"이 돈은 내가 사랑하는 시인의 시 한 줄만 못 합니다" 하여
世人을 깜짝 놀라게 했던 여인

27세 백석은 함흥 영생고보 영어교사 시절
자야를 만나 사랑에 빠진다
청진동에 숨어 든 자야를 찾은 후
함흥으로 돌아가는 길에
누런 미롱지봉투에 적어 건넨 그 시 한 편

'나와 나타샤와 흰 당나귀'

가난한 내가 아름다운 나타샤를 사랑해서
오늘밤은 푹푹 눈이 내린다
나타샤와 나는 눈이 푹푹 쌓이는 밤
흰 당나귀 타고 산골로 가자
뱁새 우는 깊은 산골로 가
오두막에 살자
눈은 푹푹 나리고 아름다운 나타샤는 나를 사랑하고
어데서 흰 당나귀도 오늘 밤이 좋아서 응앙응앙 울을 것이다

숨이 멎는 하얀 달빛
별은 쏟아지고
자야는 어느 시어詩語에 반해
연꽃 한 송이 성북동에 피웠을까
법정은 그 향기 길상사로 담아 단월檀越*한다

아름다운 사랑이야기

오늘밤 나는 잠자리에 누워
날개를 달고 밤하늘을 날고 있다

쑥국새 우는 정문 산골로 가서 사랑하는 님과 별을 주우며
오두막에 살련다 별은 쏟아지고
사랑하는 님은 나를 사랑하고
쑥국새도 좋아서 쑥국 쑥국 울 것이다

*단월檀越 : 시주施主, 자비심으로 조건 없이 절이나 승려에게 물건을 베풀어 주는 일.

축구공

마음을 비워야 해
그렇지 않으면 못살아
내가 매를 맞아야
스트레스 푸는 양반들 많거던

뺏고 뺏기고
요리조리 피해 다니다
뻥 차면
쒸이익 날라가서
그물에 꽂혀 봐
지구가 들썩 들썩

나는 말이야
매나 맞는 곰탱이 아니야
희망을 주는 메시지

졌다고 실망하지 마
기회는 반드시 찾아온다

너를 위해 매를 맞는
곰탱이 여기 있어

운동장으로 어서 나오라

파랑새 하늘을 날다

그늘에 앉아
꽃을 보니
나비가 되고 싶고
하늘 보니
새가 되고 싶다

내가 무엇이고 싶은 것은
살아 있다는 것 아닌가

꼬집어 본다
아프다 꿈은 아니다

나비
꽃에 앉아 졸고 있다

꿈인지 생시인지
내가 나비인가
나비가 나인가

파랑새
비몽사몽
하늘로 날아간다

기술은 밥이다

바위를 깨부수고 캐내 놓은 태양이
용광로에 들어가 목욕하고 나온다
할아버지 정중하게 안내하며 주문呪文 외운다
"기술이라는 것은 손끝에 붙은 밥이다
그 밥풀 어디로 가겄느냐 입으로 들어가지"

아버지는 거푸집에 손님 모시며 주문 외운다
"기술이라는 것은 손끝에 붙은 돈이다
그 돈 어디로 가겠느냐 자식한테 가지"

태양이 무쇠솥으로 몸을 바꾸자
나도 주문 외운다
"기술이라는 것은 손가락에 붙은 희망,
인류는 당신 몸 빌어 생명의 밥 지을 것이다"

1500도 열기 속에서 4대를 이어
솥 만들어 온 주물공장 식구들 장인정신

세월은 걸어가고 산업은 급변하는데
변하지 않는 것은 쟁이의 고집
할아버지 생각 옳았다 아버지 생각도 옳았다

기술은 손바닥에 붙은 밥이고 돈이다

"일자리 주세요"
가슴 저미는 공허한 메아리
네가 쟁이인가 기술은 밥이다

한강물 태백 검룡소에서 발원,
그 기적 노동자 손끝으로 이루어 놓았다
이제 서해로 흘러 오대양 육대주로 나가자,
나아가서 쇳물보다 더 뜨거운 세상 담아내자

다리는 가져가셔야죠

강보에 싸여 옹아리하다
앉고 서고 걸음마한다

두 다리로 땅을 밟고
세상 걸으며 뛰어 다니다가

아들딸 낳고 정신없이 살다가
늙고 병들어 지팡이 짚으니
다리가 셋

그러다가 몸이 쇠약해져서
이제는 더 이상 걷지 못하고
휠체어 네 다리로 움직인다

그리하다가
운신마저 어려워지면
다리 접고 누워
떠날 준비하는 인생

어디메로 가시렵니까
다리는 가져가셔야지요

여름밤의 선정禪定

먹물 속에 폭염을 깔고 앉아 있다
시원한 숲속으로 내달리는 마음 고삐를 맨다

만법귀일萬法歸一 일귀하처一歸下處
(만 가지 진리의 법은 하나로 돌아가는데
그 하나는 어디로 돌아가는가)

얼마나 멀리 떠내려갔을까
나의 작은 배는 바람 닿는 대로
파도에 밀려 망망대해를 표류하고 있다

만법귀일 일귀하처 닻을 내린다 화두 또렷하다
하나는 어디로 돌아가는가 어디로, 어디로……

어둠은 서서히 물러서고 보라색 고요, 고요가
흰 연꽃 한 송이 밀어 올린다 환희 환희

화두 또렷하고 연꽃잎 벙글어지고

얼마나 지났을까
여명을 깔고 앉아 있다

흔들리지 않는 갈대

저게 그냥 저렇게 바래질 수는 없지 백발의 선사
팔풍八風에 부동하지 않고서야 저리 고울 수 있는가

수행자 마음 흔드는 8가지 경계 바람, 팔풍八風

이利, 쇠衰, 훼毁, 예譽, 칭稱, 기譏, 고苦, 낙樂

이익이 되고
정신을 혼미케 하고
훼방을 받아도
명예에도 칭찬에도
속는 줄 알면서도
고난에도
즐거움에도 동하지 않는 갈대

누가 너를
흔들리는 갈대라 했는가

형상을 보지 말라

나는 너에게서
대쪽 같은 선비정신을 배우고 있다

가을 법문

물안개 속에
연꽃 한 송이 피워 올려놓고

청개구리 한 마리
연잎에 앉아 삼매에 들더니

햇살 한 움큼
달빛 서너 가닥
비바람 회초리
물방개 두어 마리 친견하더니

연밥 한숭아리
번쩍 들고 법문하고 있다

연밥 속에는
여왕벌이 산다

세상은 향기롭다

이눔들아
알겠느냐

고추밭 해학諧謔

풋고추,

"애들아 덥다
땡볕에 한 줄로 서서 뭣하노"

아랫도리 다 드러내 놓고

요 녀석들 이제 보니
꼬추 자랑하고 있네

하순夏順이 보고 있다
바짓가랑이 빨리 올려라

"미투"
느그들 큰일난다

"매운 놈만 따가야겠다"

7부

거들떠보는 세상

휴대폰

매미소리
소음 공해다
누구와 통화하는 걸까
하기야 사랑에 빠지면 정신없지

나무들 휴대폰 들고
맴맴맴 요란하다

오해하지 마
우리는 이 별을 지키는 파수꾼
지구가 심각해
이 온난화현상 외계의 친구들에게 알리는 중이야

나무들 휴대폰 들고
맴맴맴 요란하다

광복절에

광복,
다시 찾은 주권
어디에 두었습니까

주권은
호신용 칼
날을 세워
마르고 닳도록 씁시다

칼이
녹슬고 무디어지면
개돼지도 주인 간을 봅니다

광복,
빼앗긴 주권
다시 찾았으니

날을 세워
마르고 닳도록
바르게 씁시다

기다려지는 여름휴가

초등학교 3학년 여름방학
만조滿潮*가 되는 음산한 7월 그믐밤
물 건너 골바섬에 도깨비불이 나타났다
번쩍 번쩍 좌우로 움직이다가 둘, 셋,
쫑쫑쫑 걸어가다가 넷 다섯 여섯이 되어
춤을 추기도 하고 게눈 감추듯 없어졌다
다시 나타나기를 반복하면

모두 혼비백산하고 호기심 많은 어른들과 통 큰 아이 한둘
독다리에 남아 건장한 청년 서넛 뽑아
도깨비 소굴로 보내기로 한다

청년이 되면 꼭 도깨비와 한판 붙어 보겠다고
꿈을 꾸어왔지만 이루지 못하고 그만
이렇게 할아비가 되고 말았다

지금도 도깨비는 꼭 왼쪽 다리를 걸고
넘어져야 이긴다는 것과 반드시 지게목발에
삼끈으로 꽁꽁 묶어 놓아야 한다는 것은 잊지 않고 있다

세월 참 빠르다

올 여름 휴가는 내 사랑하는 꿈나무 찬우, 무아, 지아, 도연이와 함께
내 고향 삼불리에 가서 보내야지

이번에는 꼭 내 어린 시절 알통 굵은
꿈을 손주들에게 보여주고 말겠다

*만조滿潮 : 밀물이 가장 높은 해면까지 꽉 차 들어오는 현상. 또는 그런 때

기우제祈雨祭

기록적인 폭염
타들어가는 입술 산야의 아우성

이럴 때는 목욕재계하고
기우제 올려야 하는 것 아닌가

이는 분명 내 부덕의 소치
남의 탓하지 말고
내 자신 성찰해 보자

먹고 싸는 것은 여여한가

하늘이 화가 많이 났다
영원히 싱싱하게 지켜
물려주어야 할 이 지구

심각하다

하늘이여
노여움 거두시고
단비 내려 주소서

할머니와 외손녀

시골 오일장날
쪽파 석단 오천 원
깎아 달란다

오백원 빼준다
너무 싸다

오이 열 개 오천 원
덤으로 한 개, 거기다 또 하나 더 얹어

할머니 웃으신다

짠하다

장터국밥 한 그릇
값을 물어본다

손녀
셈이 복잡하다

짠해서 울고 있다

말복

입추 전후
말복 날이면
입맛은 그 장어탕을 기억한다

아버지가 사 오신
민물장어
맛있게 끓여 내놓으신
어머니의 보양식

평상에 둘러 앉아
땀 흘리며 먹는 장어탕

모기불 향기
울타리 조롱박
하늘을 가르는 긴 꼬리 별똥별을
덤으로 기억하고

그 진하디 진한
어머니 장어탕 맛을 지금도 기억하고 있다

산그림자 요정

산 그림자,
걸쳐 입고 있는 여인
치맛자락 너무 길다

석양을
쓸고 있는 바람
산 냄새 묻어온다

그 여인
숲으로 들어가고
나는 산을 바라보고 산다

낮달

점심도
한참 지난
늦은 오후 시골 장터

푸성귀
앞에 놓고
손님 기다리고 있는 할머니

국밥
한 그릇에
시장기 비우고

허리춤 더듬는데

배달 아줌마
"할머니 아까 주셨어요" 한다

건너편

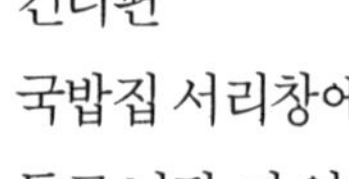
국밥집 서리창에
둥근 낮달 떠 있다

당신은 누구인가

당신은
그냥, 나에게
요정입니다

모양은
숲을 이루는
나무중 하나라고 하는데
마음은 산소보다
더 순수한 여인이라 하는데

닿을 듯 잡힐 듯
안개 속 메아리로 남아 있는

언젠가는
나와 하나가 되는
당신 말입니다

나의 생얼굴

바랑 짊어지고 가는
당신, 누구인가

거들떠보는 세상

- 송봉현 선배 시집 출간을 축하하며 -

삼복에 출산이라 고생하셨습니다
이번이 몇째지요 축하, 축하합니다
저출산, 걱정 속에 애국자 따로 없습니다

아兒는 만들지 않고
어디 명자名字 붙일 자리 없나
쓰레기통 뒤지고 다니며
상이나 사고 파는 일부 시인들의 민낯

거들떠보니 '나 시 명인' 입네
마빡에 붙이고 다닌 양반들이 있어
얼굴이 뜨거워 손바닥으로
하늘을 가리고 말았습니다

자고로 시詩는 신의 창조물이라 했거늘
그래서 장자를 천선지자라 불렀고
이백을 시선詩仙, 중국의 두보, 이태리의 단테,
독일의 괴테, 인도의 타고르를 시성詩聖이라 부르고

시문의 대가를 높이어 사백詞伯님
또는 사백이라 불러주지 않았던가

손재주 지고한 분을 높여 명인이라 부르는데
어찌 시인이란 분들이
시를 손으로 만든 양 시명인이라
붙여주고 달고 다닌단 말인가

시인을 모독해도…

민족의 댓쪽 선비
사계 김장생(1548~1631),
월사 이정구(1564~1635) 대제학의
회초리가 두렵습니다

꾸준히
시를 쓰시며
선비의 길 걷고 있는 선배님 곱습니다

시집 〈하늘 그림자 쪼는 물새〉 출간, 축하드립니다

~

세월,
허물 벗고 있다

~

징그럽다

하,
~ 가을

8부

글, 그 씨앗의 노래

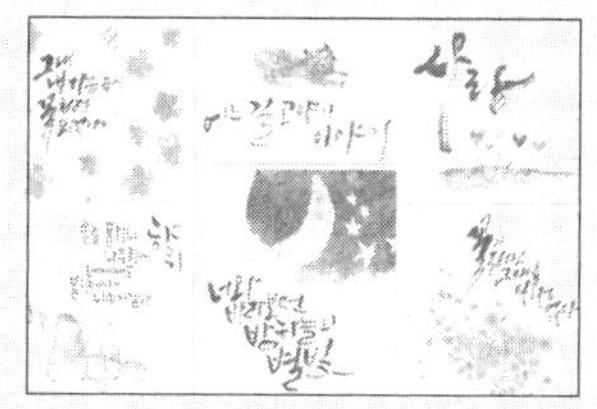

산머스마야

장마 걷힌 산자락
하얀 구름 뚫고 쏟아지는
저 햇발 좀 보거라

가을맞이
얼마나 좋으면
오색 몸단장하고
산 엉덩이 어루만져 내려
깊은 골짜기 푸른 잎까지
누렇게 뒤집어 굽고 있는
저 머스마

푸른 산 익어가는구나

오으라, 폭서 깊은 늪 헤쳐
영혼까지 불타고 싶은
산머스마야, 산머스마야

보름달

내게도

임이 있었던가

달아,

얄미운 임하

라오스 여행기

도로가 춤을 춘다
자동차는 뒤뚱뒤뚱
오토바이 질주하고
자전거가 비틀거리는 길에
사람들이 걷고 있고
고삐 없는 소가 걸어다니고
개가 어슬렁거리고 닭과 오리가
자유롭게 먹이를 쪼고 다니는 나라

놔 길러 고기맛 질김을 자랑하고
소똥이 질펵한데도 하나도 불편하지 않고
잦은 비에 오물이 흘러 든 메콩강
물고기 맛이 최고라는 나라

사람들은 왜소하고 삐짝 말랐지만
푸른 산과 물의 축복 속에
십리를 날다 맵씨 한 알 주워 먹고
물 한 모금 먹어도 참새같이 자유가 있는 나라

매일 아침 탁발 행렬
탁발승의 축원을 먹고 사는 라오스

응급실

병든 짐승들

천사와 악마가
영혼을 놓고 실랑이다

의식 잃은 젊은 여인
산소호흡기에 목 매고 있는 환자
할아버지 숨 고르는 소리
수혈 받고 있는 사내
가슴 쥐어뜯는 101세 할머니

까마귀 울음소리
하얀 의료진
육신 바라보고 있는 영혼들

왜 뛰기만 했지
가난한 마음 채우려 하지 말라
그대로 두고 살자

존재 위에 놓인 붉은 십자가

산딸나무의 꿈

어떻게 이곳에 왔느냐

지난 봄
산딸나무
하얀 꽃 나비더니

별이 되어 돌아왔구나

아름답다
때까치 녀석 너를 사랑해서
산딸 쪼아 푸른 꿈 심더니
빨간 숲이 되었구나

고맙다
산딸나비*
하늘 높이 날아오르자

우리 다시 별이 되는 거야

함께 걸어가자
금수강산도 가을로 걸어가고 있다

*산딸나비 : 산딸나무꽃. 오뉴월에 피는 하얀 꽃나비를 닮아 활짝 피면 나빌어 군무와 같아 붙여 준 필자의 신조어.

노부부

101살
할아버지와
할머니가 산책하고 있다

손 꼭 잡고

사랑한다고

오늘도
행복하다고

글, 그 씨앗의 노래

어이*가 없다고 했소
무엇이 틀려서 손을 놓고 있소
어서 맷손*을 끼워보시오

세상은 돌아가야 되는 것 아니오
콩 심은 데 콩 나듯
우리도 심은 대로 거둔다오
좋은 글의 씨앗 심어보시구려

어이와 맷손은 뜻은 다르지만
맷손 꽂은 자리에
어이라는 글의 씨앗 한 번 심어 보시오
멀지 않아 그 친구 커 나서
맷돌을 돌리게 될 것입니다
글의 씨앗은 이렇게 향기롭고 경이로운 것이라오

맷돌은 혼자보다는 둘이서
맞잡고 돌리면 신이 나지요
몸이 하나 되어 아들 딸 낳고
집안 웃음꽃 피고
장터 북적거리고

세상 살맛나게 돌아갈 것이오

우리에게는 한글이라는 글이 있지 않소
이 우주를 아우를 수 있는 유일한
글의 씨앗 말이요 좋은 씨앗 묻어
그 노래 들어 봅시다

* 어이 : 어처구니
* 맷손 : 맷돌 손잡이

어머니 흔적

싸리 울타리
고향 초가집

빨간 우체통에
허리 꺾인 편지 한 통

토방에
빛바랜 흰 고무신

기둥에 기대 선
손때 묻은 지팡이

눈 빠져라
당신을
기다리고 있습니다

기다리지 말라

가셨다
우리 어매
좋은 곳에 가셨다

강아지는 누굴 따라 갔을까

사립문
걸어두고
돌아서는 눈물

안해

내 안에 해가 있다
아내의 옛말은 '안해' 다
내 안의 해,
밤낮 없이 감싸아주니 행복하다

해 없이 어떻게 살것는가

밝은 햇살
아들 딸 훌륭하게 키워
상기둥 만들어 놓고
손주 손녀 탐지게 자라고 있어
오지고 자랑스럽다

해가 구름에 숨어 버리면 어둡다
세상사 맑았다 흐려지기도 하고
장마 지고 눈이 오기도 하지만
해는 내게 어머니다

오늘 일기예보
맑음, 내일도 맑음

안해 손 꼭 잡고
가을 길 걷고 있다

인공지능(AI)

할 수 있다

아니야

너는 우물 안 개구리

영혼 없는 등신等神

그런데 말이야
머지않아 너는

우리 인간을 지배할 것이다

밤송이

잠깐

이건 안 돼

건들지 마

나는 여자다

김형식 제4시집

글, 그 씨앗의 노래

•

지은이 / 김형식
발행인 / 김영란
발행처 / 한누리미디어
디자인 / 지선숙

•

08303, 서울시 구로구 구로중앙로18길 40, 2층(구로동)
전화 / (02)379-4514
Fax / (02)379-4516
E-mail/hannury2003@hanmail.net

•

신고번호 / 제 25100-2016-000025호
신고연월일 / 2016. 4. 11
등록일 / 1993. 11. 4

•

초판발행일 / 2019년 1월 21일

•

•

값 10,000원

•

※잘못된 책은 바꿔드립니다.

•

ISBN 978-89-7969-791-9 03810